草堂积薪

逸 翁 ◎ 著
点墨 ◎ 整理

知识产权出版社
全国百佳图书出版单位
—北京—

图书在版编目（CIP）数据

草堂积薪 / 逸翁著；点墨整理 . —北京：知识产权出版社，2020.12
ISBN 978-7-5130-7389-9

Ⅰ. ①草… Ⅱ. ①逸… ②点… Ⅲ. ①诗词—作品集—中国—当代 Ⅳ. ① I227

中国版本图书馆 CIP 数据核字 (2020) 第 269445 号

内容提要

作者自大学求学至退休后，创作古典诗词数十年，凡千余首，本书有 300 余首，为精选。从类型上，本书可分为乐府、古风、绝句、律诗和词等。本书按四言、五言、七绝、七古、律诗、杂言、词分类。作品立意优美，用语精练、传神；山川草木如画，水鸟鱼虫含情；或幽默令人莞尔，或隽永触动心弦。本书适合古典文学爱好者阅读。

责任编辑：安耀东　　　　　　责任印制：孙婷婷

草堂积薪
CAOTANG JIXIN
逸　翁　著　点　墨　整理

出版发行：知识产权出版社 有限责任公司		网　　址：http：//www.ipph.cn	
电　　话：010-82004826		http：//www.laichushu.com	
社　　址：北京市海淀区气象路 50 号院		邮　　编：100081	
责编电话：010-82082860 转 8534		责编邮箱：anyaodong@cnipr.com	
发行电话：010-82000860 转 8101		发行传真：010-82000893	
印　　刷：北京九州迅驰传媒文化有限公司		经　　销：各大网上书店、新华书店及相关专业书店	
开　　本：880mm×1230mm　1/32		印　　张：6.125	
版　　次：2020 年 12 月第 1 版		印　　次：2020 年 12 月第 1 次印刷	
字　　数：89 千字		定　　价：48.00 元	

ISBN 978-7-5130-7389-9

出版权专有　　侵权必究
如有印装质量问题，本社负责调换。

目 录

四言 ····· 1

佳人 ····· 2
植植 ····· 2
欢宴 ····· 3

五言 ····· 5

凤凰山 ····· 6
吟秋 ····· 6
江城春晓 ····· 7
冬雨 ····· 7
大漠 ····· 8

西山秋夜	8
西山听雨	9
西山雨前	9
西山	10
西山迟起	10
西山秋雨	11
西山风雨	11
月明	12
回乡	12
观雪	13
黑龙潭峡谷	13
远望	14
赏秋	14
大鹏诗	15
菡萏	15
竹	16
山林	16
佳节乐	17
山雨	17
赏月	18
西山秋色	18
梅花三首（一）	19
梅花三首（二）	19

梅花三首（三）	20
江雪（步柳宗元原韵）	20
北固山远眺（一）	21
北固山远眺（二）	21
嘈	22
万劫	22
日月行	23
望天空六首（一）	23
望天空六首（二）	24
望天空六首（三）	24
望天空六首（四）	25
望天空六首（五）	25
望天空六首（六）	26
曙色	26
天色	27
风色	27
月色	28
山色	28
水色	29
花色	29
草色	30
雨色	30
女色	31
面色	31

辽东	32
夹竹桃	32
暮春	33
拟归	33
出门	34
火烧云	34
酒	35
出绣帷	35
织女词	36
越女	36
西湖行	37
西子词	37
小荷	38
花巷	38
川女	39
相思	39
洗衣女（一）	40
洗衣女（二）	40
白玉兰	41
湿绮罗	41
还家（一）	42
还家（二）	42
还家（三）	43
芍药（一）	43

芍药（二）	44
小溪（一）	44
小溪（二）	45
霞（一）	45
霞（二）	46
虹（一）	46
虹（二）	47
花	47
菊花四首（一）	48
菊花四首（二）	48
菊花四首（三）	49
菊花四首（四）	49
秋辞	50
况松	50
槐荫	51
兰（一）	51
兰（二）	52
牡丹	52
日月语对（一）	53
日月语对（二）	53
寻诗	54
海棠	54
咏早梅诗（和何逊）	55
登元宝山	55

心廓	56
兰草	56
佩兰	57
鸡	57
白音诗	58

七绝 … 63

柳絮吟	64
端午	64
夜读	65
松江晚坐	65
秋夜	66
中秋	66
中秋·忆去年	67
北陵	67
问荷	68
赠别曲	68
初约	69
寓词	69
重阳（一）	70
重阳（二）	70
秋醒	71
话陶朱	71
忠肃颂	72

堤上	72
春歌	73
君子兰花开	73
茶花	74
岳武穆	74
长白山	75
想王振远恩师	75
樵闲（一）	76
樵闲（二）	76
樵闲（三）	77
樵闲（四）	77
樵闲（五）	78
樵闲（六）	78
樵闲（七）	79
樵闲（八）	79
樵闲（九）	80
荆轲	80
古绝四首（一）	81
古绝四首（二）	81
古绝四首（三）	82
古绝四首（四）	82
仕女勾花图	83
湘江渡	83
芙蓉艳	84

玉桥歌	84
小桥吟	85
峨眉	85
山中雨（一）	86
山中雨（二）	86
西山寻秋	87
月季	87
寻花	88
荷	88
桃林	89
桃花九首（一）	89
桃花九首（二）	90
桃花九首（三）	90
桃花九首（四）	91
桃花九首（五）	91
桃花九首（六）	92
桃花九首（七）	92
桃花九首（八）	93
桃花九首（九）	93
初春赏杜鹃花	94
盆栽仙客来	94
游锦江山遇雨（一）	95
游锦江山遇雨（二）	95
君子兰夹箭	96

鸭绿江三首（一）	96
鸭绿江三首（二）	97
鸭绿江三首（三）	97
错	98
寻月	98
匹夫二首（一）	99
匹夫二首（二）	99
题明边景昭《双鹤图》	100
雾	100
重阳登高有感	101
栖霞山五首（一）	101
栖霞山五首（二）	102
栖霞山五首（三）	102
栖霞山五首（四）	103
栖霞山五首（五）	103
幕府山	104
荷花无故	104
金莲晏起	105
花盆	105
风吹梨花	106
闺家门	106
少妇晚妆	107
柴扉	107
红颜	108

闭月	108
垓下	109
长江	109
清凉山扫叶楼	110
清凉山	110
风景（一）	111
风景（二）	111
心如明月	112
思家三首（一）	112
思家三首（二）	113
思家三首（三）	113
芙蓉	114
青山	114
松花江堤	115
易水词	115
登垛崮山看桃花	116
净	116
醉中秋	117
落叶	117
水仙花	118
春归	118
凤仙花	119
瑗河	119
沙河桥	120

寻旧	120
梅	121
九连城	121
东坎	122
五营山	122
乡心	123
睡莲	123
菊花（一）	124
菊花（二）	124
锦江山感怀	125
金陵	125
看船归	126
忧日	126
忧虹	127
丈天	127
中秋自饮	128
作画	128
喜鹊（一）	129
喜鹊（二）	129
喜鹊（三）	130
喜鹊（四）	130
喜鹊（五）	131
秋艳	131
忧箫	132

家乡 ………………………………………… 132

秋意 ………………………………………… 133

松 …………………………………………… 133

诗 …………………………………………… 134

七古 …………………………………… 135

观雨 ………………………………………… 136

河 …………………………………………… 136

月食 ………………………………………… 137

秋山春 ……………………………………… 137

律 ……………………………………… 139

为学 ………………………………………… 140

写柳十首（一） …………………………… 140

写柳十首（二） …………………………… 141

写柳十首（三） …………………………… 141

写柳十首（四） …………………………… 142

写柳十首（五） …………………………… 142

写柳十首（六） …………………………… 143

写柳十首（七） …………………………… 143

写柳十首（八） …………………………… 144

写柳十首（九） …………………………… 144

写柳十首（十） …………………………… 145

兰草花	145
蜜蜂	146
赠比邻	146
秋风习习	147
西湖泪	147
三叠泉瀑布	148
山海关怀古	148
看鸭绿江	149
梅花·苦寒（和高启之一）	149
梅花·圣洁（和高启之二）	150
梅花·薄媚（和高启之三）	150
梅花·骨魂（和高启之四）	151
梅花·气势（和高启之五）	151
梅花·真重（和高启之六）	152
梅花·清丽（和高启之七）	152
梅花·遒劲（和高启之八）	153
梅花·娇姿（和高启之九）	153
君子兰	154
鸭绿江	154
锦江山	155
辨奸	155
忧国	156
柳树	156
天上诗	157

杂言 ······ 159

车穿行辽东丘陵 ······ 160
好江天 ······ 160
醉中天 ······ 161
梦中天 ······ 161
命中天 ······ 162
鸭绿江（一）······ 162
鸭绿江（二）······ 163
日 ······ 163
秋风 ······ 164
嗟己 ······ 165

词 ······ 167

醉花阴·清明 ······ 168
点绛唇·春艳未尽 ······ 168
如梦令·春日 ······ 169
仄韵沁园春·西山夜步 ······ 169
如梦令·西山遇雨 ······ 170
西江月·西山踱步 ······ 170
沁园春·风雨楼 ······ 171
仄韵水调歌头·少年初相见 ······ 172
相见欢·金陵即事 ······ 173
浣溪沙·忆沙河（一）······ 173

浣溪沙·忆沙河（二） ……………………174
浣溪沙·忆沙河（三） ……………………174

后　记 …………………………… 175
　　留点墨 ……………………………176

四言

佳人

如此佳人，脂脂兰泽。

若彼佳人，愔愔琴德。

植植

植植朴树，涓涓湜水。

日月同辉，天地共美。

欢宴

春节欢宴,开有杜鹃。

窗外旭旭,日曜天间。

婿女歌咏,妻夫舞健。

人寿百年,寸阴可羡。

天伦有荷,吐哺拳拳。

五言

凤凰山

凤凰翱天际,终于在兹栖。
翔远必有住,何时御风起?

吟秋

合卷出门外,秋锁小园凉。
丁香已落尽,菊花正飘香。

江城春晓

柳堤春意冷,寒水晓晴微。

乌鸦枝头叫,惊蛰不见雷。

冬雨

冬日逢阴雨,不觉顾院中。

萧条花叶尽,却问几时红。

大漠

晨曦还曚昽,日出仍见星。

大漠连广宇,风行无形中。

西山秋夜

近闻花香浓,远听山谷空。

秋色已临近,不知在其中。

西山听雨

山间有阴雨,坐窗听雨滴。

雨滴似目泪,总有晴面时。

西山雨前

雨前风不住,急鸟掠飞林。

举头看天空,大椽绘墨云。

西山

此地乃何处?燕京外西山。

城人多不住,唯是有远偏。

西山迟起

迟起雀声噪,远望树色苍。

秋里乾坤大,闲中日月长。

西山秋雨

天气女人脸,倏忽泪涟涟。

诗人怜香玉,只是难回天。

西山风雨

初入西山住,几日风和雨。

满目红树山,不曾仔细睹。

月明

树梢透月明,地上双人行。

相看清秀面,执手共歌声。

回乡

银杏正值黄,落叶在路旁。

行人皆不屑,回乡寻珍藏。

观雪

地雪平如镜,雪花空飘零。

可见雪落地,不见积雪增。

黑龙潭峡谷

清水穿峡谷,高树植石山。

日下松壑里,风上白云间。

远望

长河奔海顺,高山接天横。

天海向何处?应在更远中。

赏秋

水铺绿树近,山盖白云低。

黄昏正秋景,天地共一人。

大鹏诗

大鹏初展翅,即有凌云志。

扶摇上青天,风雨不知止。

菡萏

芙蓉出水秀,芰荷抱泥芗。

护住淤泥厚,养得莲藕香。

竹

瘦劲低头叶,凛冽直脊身。

青霜透亮节,白雪衬虚心。

山林

山寂人意远,林森鸟鸣急。

归家不着路,渐觉声音稀。

佳节乐

春风佳节到,女儿觅诗工。

金辉映两壁,杜鹃烂漫红。

山雨

秋声红叶送,雨来山空蒙。

风雨无限远,点滴在手中。

赏月

圆月挂银汉,光辉均而匀。

不问世上事,普照天下人。

西山秋色

西山分层次,树木呈缤纷。

苍天只一色,秋叶抵三春。

梅花三首（一）

梅花冰雪质，寒冷未有知。
肌肤渐僵圻，心底先已痴。

梅花三首（二）

风雪频纠缠，几曾得安闲。
雪压花枝挺，风吹花瓣掀。

梅花三首(三)

雪融花萼淹,风来犹未干。

风雪愁煞人,三春不胜烦。

江雪(步柳宗元原韵)

海棠开一绝,宇空万念灭。

独醉花下翁,残瓣落江雪。

北固山远眺(一)

扬子流南国,北固故事多。
随水流更远,一笔难销磨。

北固山远眺(二)

沙渚分江流,对岸有瓜州。
宽泛无水势,诗尽北固楼。

嚆

早起几开窗,欲寻晨星少。

终于不负心,寥落彼嚆小。

万劫

万劫变河山,天长不知年。

洪荒泱泱水,今乃岩峣山。

日月行

日月昼夜驰,黑白两不知。

人生无远离,何处有相思?

望天空六首(一)

晨起望天空,人在沉浮中。

梦里未睡醒,几曾闹天宫。

望天空六首（二）

中午望天空，开窗日光明。

白云卷袖走，蓝天不知情。

望天空六首（三）

黄昏望天空，天有彩霞生。

霞满夕阳尽，日落明又升。

望天空六首（四）

入夜望天空，天籁寂无声。

黑夜不入目，万象入心中。

望天空六首（五）

夜半望天空，寒星远目中。

星疏月色朗，月亮天不明。

望天空六首（六）

黎明望天空，太白照疏棂。

徘徊不曾入，渐隐曙色中。

曙色

黑夜生曙色，曙色吞晨星。

未曾见云日，心知天已明。

天色

天上本无色,万彩缀天空。
伸手刚捉摸,归于黑暗中。

风色

风色总入帷,不论认识谁。
掀动薄罗被,伴得相思睡。

月色

月色不独有,出入伴云行。

入时花遮面,出时比日明。

山色

山色云中起,高下两不分。

云深无生处,山高追寻频。

水色

水阔总有岸，岸不知水深。

水大无情面，岸得让三分。

花色

花色人间有，不可须臾分。

开谢两不厌，方是看花人。

草色

草色唯有青,谁言草无情?

今岁养身枯,萌发来年荣。

雨色

雨中虽无色,七彩皆归焉。

造虹持练舞,作霞铺满天。

女色

女色胭脂泪,沤破心中碎。

辄尔釂酒靥,泛红动人醉。

面色

羞怒分赤白,惊死如灰土。

面色由心生,匹夫不能辱。

辽东

冬日千山雪,秋天万木红。

不饮杯中酒,难识真辽东。

夹竹桃

风雨陷花枝,凑泊沮洳里。

花瓣未曾落,翘然风色起。

暮春

暮春山中行,千里绿掩红。

参天万棵树,树树招春风。

拟归

拟归未曾去,秋气已见肃。

草木无须摇,落叶自簌簌。

出门

出门独自行,树摇不肯同。

相见无相识,所识只秋风。

火烧云

蜃楼廓西山,水墨绘周边。

随手掷云锦,大橙挂东天。

酒

酒在何处有,有朋即有酒。

有酒必有醉,有醉方有酒。

出绣帷

起身出绣帷,不知欲看谁。

推窗又扶住,凉天满空衣。

织女词

本是天帝女,许与河西妇。

自古词天河,岂可废机杼!

越女

闺家有越女,人问岁几何。

婉晚羞语迟,春风起颜色。

西湖行

月光映白堤,春水入花溪。

玉莲楚楚动,与谁共嬉戏。

西子词

西子住何地?花萼一泓溪。

岸水明皙处,浣花出涟漪。

小荷

只露尖尖角,不肯全出来。

出水春风多,身娇多不耐。

花巷

风吹花巷里,鲜花躲不及。

春瓣频掉落,伴羞轻摇枝。

川女

抱婴四川女,海滩坐如许。

见闻诸般多,夫近忽不语。

相思

桑干至马訾,一水连彼此。

两地遥不及,相思长几尺?

洗衣女（一）

河边洗衣女，洗罢又照脸。

手扶云鬓乱，目及河边男。

洗衣女（二）

水中芙蓉面，摇落心自怜。

拾水洗红粉，罗裙湿半边。

白玉兰

玉兰女人脸,女人白玉兰。

只多晴中雨,泪满盈目帘。

湿绮罗

世上有芳菲,偷闲何能阻。

为看雨中花,绮罗湿几许?

还家(一)

人还白云招,落日回古道。

野旷目达畅,西风阵阵高。

还家(二)

去时别惊鸟,还家鸟欢唱。

斜阳渐掉落,后山树上苍。

还家（三）

山上青青岩，昔时肯登攀。

皆是眼前景，不见旧日山。

芍药（一）

芍药小时识，随长渐疏远。

只心常追忆，未曾再谋面。

芍药（二）

芍药是女眷，根随大山迁。

临别赠知己，为是终日念。

小溪（一）

涓涓流不断，终年响潺潺。

莫言溪水浅，滥觞不知远。

小溪(二)

小溪已是少,还自点滴来。

汇合溁大流,一样同归海。

霞(一)

吞吐大气象,敷布人间绮。

在天共悦目,不可裁做衣。

霞（二）

彩衣薄如透，翻身自飘然。
微风非有意，罗霞扯半边。

虹（一）

虹乃霁后雨，未落眸中含。
试抹眼圈红，破涕哂驻颜。

虹（二）

虹环半片天，赤橙各有间。

霓裳唯恐落，彩带系又牵。

花

花自为人看，时刻动其妍。

不知何为笑，只会娇人怜。

菊花四首（一）

岁岁开花迟，不早为人知。

因能御霜冷，无妨延春时。

菊花四首（二）

时至九月秋，菊花揽春秀。

霜序愈见骨，冰雪尚在后。

菊花四首(三)

颜色绘百种,难见春艳红。

伸展虽极致,毕竟是秋风。

菊花四首(四)

菊姿照篱影,日光丽江亭。

秋色不无赖,翻手即凌冬。

秋辞

地上有棵树,树上有片叶。

振振斥秋风,何使叶落尽?

况松

松高挺且直,从未敢自比。

唯有不凑春,似乎略如己。

槐荫

槐树在我家,髫年树上爬。

人说不入栋,我自独荫下。

兰(一)

妙香稠岩缝,青玉何幽眇。

天凉春光穷,不沾品自高。

兰（二）

兰质何其洁，择期迢牲花。

至纯无可染，一丝不肯杂。

牡丹

牡丹花中贵，得见非由谁。

一朝靓天帝，肯为皇中妃。

日月语对（一）

贯年无日闲，出行亦圆满。

不尔善变幻，授人怨缺欠。

日月语对（二）

朔望各自有，昼夜不离天。

盈亏皆人见，余身自是圆。

寻诗

欲诗无觅处,三百未曾知。

无非借耳目,诗乃相中识。

海棠

海棠花盈树,更有绿叶扶。

两眼看不尽,一睹品枝舒。

花瓣任凭落,纷扬满地铺。

白洁由脂入,粉红吝透出。

妍丽夺人目,摇荡春风酥。

咏早梅诗（和何逊）

开天启四序，世上即有梅。

先自北方发，后从南地开。

美妍动寺观，嬿婉静琼台。

不曾赤子泣，未襟美人怀。

天上自掉落，身披冰雪来。

登元宝山

陟行元宝山，灵秀流其间。

春色随人走，半坡日光含。

风声不作起，山气定云闲。

道途无鞍马，中辍择路还。

心中自入境，不为山顶旋。

合当在此住，白屋是家园。

心廓

天地大且阔,我欲将如何。

风声不御起,雨水绕星河。

月光流边住,云端无着落。

放手握古今,息肩担日月。

不使周天倾,一任心中廓。

兰草

兰草自仙素,花开亦闲雅。

一年皆青青,香至秋时发。

余味多幽远,小巧灵气佳。

白紫有秀色,辉照翡翠家。

佩兰

世人皆当草,不把作花看。

春季未曾放,至秋开不显。

开花自生长,非是为人观。

有知活人命,入药有佩兰。

鸡

将雏田园里,雌雄一家齐。

张翅奋驱鹰,金爪善独立。

颖喙自觅食,不与落凤比。

黑夜虽雀目,能见拂晓啼。

白音诗

白音套海地，西拉木伦临。

南有老哈河，汇入辽水津。

套海美且饶，绿树皆成荫。

沙洲小树林，佳话传于今。

前有粗辫女，名字曰白音。

光彩照天地，美名传西秦。

容貌无可比，皆言天仙临。

原本岐黄根，家传济世巡。

同行一少年，白音呼逸人。

也有祖上术，悬壶出杏林。

共一屋舍下，形影不离分。

二人行医道，医名遐迩闻。

昼夜无隔阻，骑驴远近奔。

手到病除去,病者一家欣。

春风闲暇里,二人坐树林。
执手斜阳下,彼此倾慕心。
天有相思鸟,亲亲复亲亲。

草原多个夜,相对河边吟。
回来路不记,漆黑不见人。
蛙声能引路,至归夜已深。

乍到行诊频,驴乏不听人。
鞭笞愈不往,只得牵驴跟。
玉腕缰绳绾,春风掀衣裙。
骑骑复骑骑,奔颠一路尘。

时观草原羊,状若朵朵云。
散在蓝天里,群群复群群。
三月地上草,芳芽萌在芯。

羔羊唯啃嫩，弃留老冬根。
春风温煦煦，黄昏日曛曛。

牧人曰席巴，植树百余根。
家有妻与子，勉强度生存。
家境原不窘，曾积有羊群。
牧羊染怪病，神志渐昏沉。
至得近两日，竟然不识人。
沉疴传白音，闻讯即视临。
先取奇经走，复按八脉循。
医理当即辨，知是病于瘖。
急制汤加醴，又旋弹银针。
家人敢屏视，少顷出息音。
弹丸又十日，病瘥如常人。

两河朔漠地，风起黄沙皴。
流沙随风浮，沙丘勤移奔。

只见地形舞,不闻风声吟。

黄昏大漠日,惜惜复惜惜。

草原无奇药,逸人采云深。

一去连多日,白音独坐林。

林中有男童,人都称树林。

不知有无家,天天在树林。

饥时餐鸟卵,困时眠林荫。

明通大人事,往来递书音。

白音自画像,欲送意中人。

羞于不得手,男童能殷勤。

往来百余里,树林不辞辛。

逸人见像欣,写诗与白音:

"娇靥白皙面,朝阳初照人。

云鬟不须乱,粗辫绾耳轮。

明眸清如水,透澈不知深。

口若桃花瓣,皓齿两唇分,

百里寄相思,愿得心上人。"

白音看诗云,艳词乱芳心。

但见颊上绯,所思不可闻。

春光连三月,杨柳已成荫。

远处驼铃响,皆曰接白音。

驼峰没视野,人群空望尘。

白音连套海,传流到如今。

七绝

柳絮吟

端阳柳絮满天飞,朵朵雪花意自随。

休怪欢腾无所虑,芳尘逝水岂自为?

端午

南湖柳笼满林烟,端午情如乱絮绵。

梓里弟兄归笃信,粽餐定几巷头看。

夜读

抱卷孜孜倚画屏,读书万丈高楼雄。

窗招白玉一钩月,云阶北斗七颗星。

松江晚坐

手揽大江坐云低,指看迟日向天西。

潺湲水滞桥东近,回浪三望不舍离。

秋夜

已近三更未就眠,听窗雨打芭蕉寒。

声声入耳少年事,一幕椿萱到枕边。

中秋

暗尽辽天客自留,空将月饼赏诗酬。

羿妃宫里知别苦,不使月明望家愁。

中秋·忆去年

漫话杯盘一盏空,姮娥出浴驾蟾宫。

蹒跚碧海团圆月,留脉斜辉酒浅中。

北陵

日暮森森压重檐,斜阳一抹照棂间。

爱新三百年中事,唯有寒鸦啼北天。

问荷

出水轻荷脂露微,婷婷不语奈春催。

有心把盏西窗醉,敢测梨涡酒几杯?

赠别曲

羌笛数数催客行,牵手惜惜满别情。

儿女情长千里外,劝君莫要耽路程。

初约

初约曲径带羞妆,醉脸连肢石凳长。

漫弄青丝窃窃语,嫦娥窥笑桂枝旁。

寓词

出门斜对霜林红,八月桓仁客舍空。

不尽重山秋色远,奈何杨柳绿春风。

重阳（一）

面比黄花明日衰，天空云朵依旧白。

韶华有限天天减，重九无端岁岁来。

重阳（二）

地上天空一目之，诏传万句未吟诗。

重阳又到菊花酒，碧海鲸鱼可有知？

秋醒

风声瑟瑟醒人眠,天尚无霜气已寒。

昨夜秋涤桐叶落,蓬门紧闭不知园。

话陶朱

浊酒一杯醒越吴,渔樵几句话陶朱。

全身引退功名后,荡漾扁舟去五湖。

忠肃颂

男人不勇枉于思,碎骨粉身早心埋。

当断立断民为贵,敢立敢迎无疑猜。

堤上

暖春寒树锁江天,堤上无尘草色鲜。

迟日可风消旧岁,忙中能有几人闲。

春歌

烟堤漫步晓寒清,东水平平逝无声。

桥上春风频递绿,江南柳色绿春风。

君子兰花开

帘外还余数九寒,斋盆大叶抱娇兰。

别言久扃春风几,日历撕薄二月天。

茶花

风月青春半开门,迟迟慵起凝醉痕。
露香吐艳岂唯早,绝色才当第一春。

岳武穆

有岳江山万古雄,临节但壮满江红。
长歌当哭世人泪,尽洒斑斑青竹中。

长白山

长白山上雪积多,千里皑皑锁嵯峨。

神圣雪开骄子起,不光秦地有山河。

想王振远恩师

忽然想起诸事荒,只把心思仍费详。

一日为师终身父,两年心语如何量?

樵闲（一）

一进大山心豁然，兴亡皆不在身前。

夕阳落照西山后，不在这边在那边。

樵闲（二）

重山远渡云帆散，晚日阑珊夕影淹。

涧水争流因溪浅，樵歌互答是人闲。

樵闲（三）

明霞落幕夕阳尽，淡月邀风共抚琴。

曲罢河银湛似水，聆听皆是天上音。

樵闲（四）

天自悠悠云自闲，阳抱青山只半边。

奋力砍光旁侧树，不遮偏日照身前。

樵闲（五）

喊歌回荡天那边，坡下应能见炊烟。

岑岭峦接看不断，樵夫独喜山外山。

樵闲（六）

日出背斧向山林，或错当年程咬金。

使罢三招皆不入，我只本朝砍柴人。

樵闲（七）

极顶采樵天之涯，浮云脚下闹不暇。

至归还望通来径，高山不遮只烟霞。

樵闲（八）

巡音缭绕至山间，志在高山遇琴仙。

愿以担柴赔弦断，再听一曲流水篇。

樵闲（九）

弦断子期莫低估,知音难怪是樵夫。

若非常在深山里,流水高山怎会熟?

荆轲

长歌当哭短歌行,易水风萧一曲终。

只乃成功邂逅事,世唯壮烈是英雄。

古绝四首（一）

荒荒大漠在眼前，北风萧萧过耳边。

沙丘流动极目远，白日落落天地间。

古绝四首（二）

老哈长长辽河源，鲜卑漠北称霸天。

千古风骚留不住，不寻拓跋何处迁。

古绝四首（三）

玉壁唱罢敕勒川，后世再难好歌传。

平城娄氏富家女，慧眼英雄识高欢。

古绝四首（四）

风流从不乏草原，昭君出塞在其先。

一曲羌笛怨杨柳，春风处处暖人间。

仕女勾花图

若问歌声未有声,梨花浅笑更衣轻。

但知玉腕微微动,不见纤丝缕缕情。

湘江渡

为有湘江霞幔低,巫山空对百重衣。

可怜玉面桃花渡,暮雨朝朝夜夜期。

芙蓉艳

十里荷塘月色衰,芙蓉白面出水来。

连枝紧紧羞蕊放,包艳微微怕朵开。

玉桥歌

春风不吹花不开,春雨不洒姿不裁。

城外玉桥明月夜,等待春风带雨来。

小桥吟

东风有力百花兴,吹散芬芳入水中。
夜里江流连日雨,小桥奈恁水淙淙?

峨眉

峨眉白雪跋涉间,入蜀皆言行路难。
欹鬾不行望华顶,侧身鸟道更无援。

山中雨（一）

树动庭前连天起,西风直卷黄昏急。

隔窗试看山中雨,似有凉意无水滴。

山中雨（二）

一滴雨打数声秋,树叶啁哳把风留。

不使过得前树去,株株传递何时休。

西山寻秋

老住西山人不老，满山草木尽葱茏。

遍寻秋叶不见色，举目几颗柿子红。

月季

月季已霜花犹红，随风摇曳草坪中。

一天秋色凉如水，不疼冬风疼秋风。

寻花

最怕无心入花丛,如熏春意扑人瞳。

繁花乱蕊寻不掉,不舍掐摘太心疼。

荷

凝脂洗尽荷花水,嫩蕊叠出芙蓉姿。

硕朵朱颜由人去,天日昏昏无所思。

桃林

一夜染红桃树林,只只花瓣动衣裙。

竟将彩蕊全开放,嫁给春风相与欣。

桃花九首(一)

驻宕春风林薮间,桃花散绮白雪淹。

凭依零落无程境,只是当初太遽然。

桃花九首（二）

胭脂红粉抹凝腮，带水桃花扑面来。

嫩嫩白枝擎不住，嘈嘈急雨淋未衰。

桃花九首（三）

沉沉大朵透脂溢，深粉浅白含露滴。

无那春风几次晚，落俜花瓣潧萋萋。

桃花九首(四)

叶未生出露蕊香,频仍风雨花瓣僵。

春寒未竟先开放,弱弱红颜不由强。

桃花九首(五)

花枝烂漫蕊羞连,风雨无情任摧残。

落落照人月光下,朱红何处是家园?

桃花九首（六）

桃艳泛春花瓣重，吐羞抱朵留隙红。

娇姿不尽无从放，难住春风激触中。

桃花九首（七）

只因枝叶昉生成，坏萼花苞半放萌。

但盼夜阑春风过，吹开骨朵愈分明。

桃花九首（八）

伸花竖蕊纵芳容，含饮捧香酒色浓。

得待春风花落尽，何人会再道桃轻。

桃花九首（九）

花朵薄明示廓清，卧枝偃倒躐阶行。

春光懒困微风渐，试探深红抑浅红。

初春赏杜鹃花

隔窗映雪看红花,春冷衣单遮不暇。

更有月光朗朗照,恍如天上飘彩霞。

盆栽仙客来

幼蕊玉肌初展容,嫩花肥朵透粉红。

露前雨后皆不耐,春去风来太匆匆。

游锦江山遇雨(一)

郁郁葱葱锦江山,树林高耸蔽云天。

风烟缥缈藏仙气,落叶才方六月间。

游锦江山遇雨(二)

半坡遇雨避山亭,大雨瞬间似盆倾。

地上水流积成河,望天难见雨丝行。

君子兰夹箭

月下花开照井阑,春风不动影堪闲。

冲天硕朵身夹箭,力挺重闸未见残。

鸭绿江三首(一)

远远望见江水黄,不似昔日鸭绿江。

近前试问网鱼人,昨夜大雨搅浑江。

鸭绿江三首（二）

自坐树林目视水，人生长河万里疆。

来方一日今即去，俯拾银杏两叶藏。

鸭绿江三首（三）

两岔江水汇一茫，海鸥起飞分两行。

几次都有多情鸟，频频啄食来身旁。

错

一夜秋风错成雨,万朵白云化作雷。

平生无酒却似醉,满树覆盆当成梅。

寻月

不见秋雨不见风,时间已到八月中。

中秋应近不知日,夜半起身寻月明。

匹夫二首（一）

蝇营狗苟何所似，跳舞土虱晏小球。

恃勇匹夫不为笑，终究生命活中留。

匹夫二首（二）

贤圣不夺匹夫志，生存皆为天下心。

皮囊走肉何所用，只在一息价值真。

题明边景昭《双鹤图》

气宇轩昂栖竹林,悠闲自得卓不群。

超然风骨不曾俗,天生仙气自出尘。

雾

浓雾重霾压尘埃,佛光普照金炉台。

心头若有纠结处,竹静花红多事来。

重阳登高有感

九月天空湛似水,重阳山顶如火红。

登高不尽苍天际,求寿奈何岁有穷。

栖霞山五首(一)

金陵十日勤凭览,未尽长江水壮观。

登罢诸高皆不见,栖霞山顶万里船。

栖霞山五首（二）

万里长江挂云空，银河不晓是何情。

丹枫凑趣伸天上，欲比晚霞谁更红。

栖霞山五首（三）

金陵十月无寒行，枫叶只才半透红。

等待秋霜几日降，栖霞山上蔽天彤。

栖霞山五首（四）

栖霞枫树是谁栽，游客纷纷秋日来。

若是先知人喜爱，定使四季红不衰。

栖霞山五首（五）

摄生自古栖霞功，今者抵知枫叶红。

若绍桑麻千万亩，遍闻山下捣衣声。

幕府山

幕府亘绵大江边,马王天下有百年。

龙蟠虎踞形胜地,自古王师不在南。

荷花无故

荷花无故风声紧,春风过后留伤痕。

花枝本身即是错,何须分辩甚原因。

金莲晏起

艳尽赤朱满面春,双颊含恨胭脂洇。

终生不改今日面,甘愿世世做女人。

花盆

身自慵慵盆自沉,春风乍起惊断魂。

嫩枝幼叶拿不住,花朵开后不由人。

风吹梨花

风吹梨花满地香,晓来风去依然凉。

收拾花瓣人未扫,流水落红不知详。

闺家门

春风初到闺家门,斜柳依依半拂尘。

不见梦中那人面,只留痴女望四邻。

少妇晚妆

少妇晚妆不敢闲,叠姿秀色找方圆。

妆成只为一人艳,肥瘦浅宽付镜前。

柴扉

坠露重重秋可知,柴扉半蔽进阳迟。

西风眷顾东篱下,正是菊花当令时。

红颜

千里戍边挂红颜,剑长三尺为谁悬?

只为冲冠京城陷,天下改朝一怒间。

闭月

方天画戟定辕门,窗户不掩闭月阴。

艳尽胭脂干戈起,英雄从不乏女人。

垓下

楚歌惊醒霸王弓,宝剑直留宫闱中。

垓下一别传千古,女儿如花绕战红。

长江

洋洋万里未曾闲,卷雪堆峰白浪掀。

流水不知何处是,长江尽处接云天。

清凉山扫叶楼

清凉山上扫叶忙,岁月如金论短长。

秋风不敌山河壮,留下落叶满地黄。

清凉山

清凉山也万年秋,熟睹秦淮几涨休。

莫想孤山拦成水,江河日下任其流。

风景（一）

一怒冲天大厦倾，山呼海啸皆其能。

花摇树动眼前事，请问世人谁见风。

风景（二）

既无月亮亦无星，一片黑漆抹苍穹。

黎明即破朝霞灿，景色原于不见中。

心如明月

心如明月静如诗,世事人情两不知。

初朔出发三十回,不关是否可见时。

思家三首(一)

只怪年轻少有知,于今再想已然迟。

家乡远望千余里,悔不当初未嫁时。

思家三首（二）

月亮向东我向西，何人能解其中迷。

亲情万里肝肠断，难望秋风寄愁思。

思家三首（三）

风雨无声自愁眠，寒星不亮窗口前。

绵绵长夜屈指算，难数离家有几年。

芙蓉

玉带芙蓉已不寻,春风不耐石榴裙。

晚妆卸罢留真面,洗尽铅华是妇人。

青山

青山万仞齐云平,白云七朵绕山行。

再见白云飘然去,青山怒怒冲天横。

松花江堤

一程杨柳一分绿,一里春风一点生。

放眼松花江上水,别开清潋在层冰。

易水词

壮士离燕向赵行,吭歌易水有悲情。

高秋击筑凌寒气,直上贯天化白虹。

登垛崮山看桃花

垛崮山陉一径绝,桃花二月开莘峀。

初娇难对春风绰,凌乱花姿戢残雪。

净

春风不动三月天,半柳清池挂树间。

只得为人心底净,才有百岁永享年。

醉中秋

举杯不见月当头,月亮不出是何由。

想必未出当还在,放心把盏醉中秋。

落叶

一翩落叶满天秋,流响入心人已愁。

更有西风从地过,收拾零叶何处丢?

水仙花

世上百花水仙娇,月光婉丽床前照。

花前花后无人知,仙子凌波夜睡觉。

春归

柳上春风住轻桃,唤醒桃花挂树梢。

柳树不知春何去,桃花撩人把身摇。

凤仙花

凤仙何须问径庭,表里尽涂春日红。

春色只能春日有,春日过后何处逢?

瑷河

鸭绿瑷河两水中,抱环千里尽辽东。

月光夜里送流水,非是西风是东风。

沙河桥

沙河桥上行人多,老汉推车难上坡。
急手助将一臂力,车轴吱响有话说。

寻旧

人面依稀费形容,四寻旧迹更无踪。
径直误入花塘水,照影桃花与前同。

梅

为谁欢喜为谁红,一岁一年凋复荣。

勿使残风到愁境,愈看琼枝照月明。

九连城

稼穑不学圣人称,幼时耕作九连城。

禾苗惊悚银光舞,草芜侥幸锄下生。

东坎

只知东坎命由来,对岸蔡家芍药开。

月照沙河大山水,流花转到此处栽。

五营山

五营牧羊学苏武,鞭长未及北海都。

羊群入云人沉想,汉家天下曾何如!

乡心

乱花春尽还恋稠,云彩无端滍兴游。

最是天边惨惨日,乡心无限下西楼。

睡莲

虽然身在苎萝山,秀色不曾羞玉颜。

风过未吹春池水,月光单照睡莲闲。

菊花（一）

菊开含笑语西风，天帝安排时相同。

秋日不跟春日比，只留些艳与春红。

菊花（二）

晚起一时欠春风，凉天已至敢惺忪？

尽开百种只回报，非是回头耀绿丛。

锦江山感怀

消沉王气过耳风,原是长白余脉中。

却问山中何所有,白云不见黄鹤行。

金陵

石城虎踞仲谋先,南渡琅琊续龙蟠。

秦帝埋金厌王气,未祈有祚三百年。

看船归

白雪春风海浪飞,谁家少女看船归。

鱼舱靠岸未及系,送上几条心慕回。

忧日

每朝离东奔西游,西天日接一火球。

层出不尽有多少,积多起火如来救?

忧虹

女娲补天虹做线,补出天来色斑斓。

若是无雨彩虹断,五色石坠如何般?

丈天

丈天量地已中份,人老还能何所寻?

日行八万未曾远,送目北极见星辰。

中秋自饮

中秋圆月不圆心,无客在席酒作宾。

把盏起身向天醉,谢邀天下沦落人。

作画

毿毿松落后山坡,不见沙河昔日波。

河瘦山低难画起,心中自是有山河。

喜鹊(一)

白日吟诗在梦中,忽然一阵鸟鸣声。

出梦凭窗急张望,喜鹊成群掠树行。

喜鹊(二)

喜鹊栖枝叫不停,尔呼我唱充耳盈。

彼方飞过此又往,雀跃欢腾枝头擎。

喜鹊（三）

本尔已经别树去，话未言尽还复应。

赤足枝上刚浮起，又落数只齐攒动。

喜鹊（四）

四望喜鹊各枝零，腹垩脊漆似墨情。

鹊列如诗跃纸上，章章有喜上眉丛。

喜鹊（五）

昨宵梦里游南海，适遇宛雏栖梧桐。

喜鹊今晨聚光顾，当为报喜庆门中。

秋艳

西风不尽恼人心，秋草亦能蔓罗裙。

春艳摆摇秋色里，黄花入冷愈疼人。

忧箫

洞箫无底身亦空,三日余音绕梁中。

万籁皆充腔堙塞,八音无纳怎出声?

家乡

家乡就是有河山,几经出落少女颜。

不为浮云天上走,直伴流水绕山闲。

秋意

中秋闭户不出行,戏孙绕膝在家中。

门外秋意不成景,落叶聚散随便风。

松

直比青青天上苍,雕镂白雪入云祥。

去遥百里闻涛响,祈有松龄万年长。

诗

长虹挂诗自是奇,夸父尚能化树已。

一首载得天地下,区区片纸安擎起。

七古

观雨

一叶落罢百叶飞,根动枝摇狂风摧。

眼见大雨倾盆作,不绝天外响闷雷。

再闻雨声听不见,辨察河面有细微。

风去雷暗云高远,拾起落叶关门回。

河

两山对出一条河,岸边覆盆子繁多。

上下河面桥两座,河心不惊四天鹅。

夕阳斜挂河中影,新月早醒淡嫦娥。

举头白楼偏一隅,阳台观霞已映河。

月食

一梦醒来疑月圆,疑窗不净到前园。

东天启明不觉明,西天月圆不觉圆。

渐渐月亮依山尽,衣单始觉中秋寒。

为追月落循山顶,天空泛红东西边。

秋山春

一曲竹箫引入春,秋山委婉领人寻。

箫声起时浮白云,白云飘处住春深。

春在人间非一季,暇去天上梦中存。

心里有春唤自来,不需越冬盼春临。

律

为学

为学易忘饥,文字削骨皮。

道长不知够,身安何所期。

饮如海水渴,贤比泰山齐。

但能尽八索,老死不言疲。

写柳十首(一)

江河冰释未身翛,无力已经见柳条。

识燕迟巢旧檐下,翠微早显春日妖。

万生濡澍后追绿,千木畅达难仿飘。

风水皆和柳亲近,映摇嬉戏最逍遥。

写柳十首（二）

日光三月柳含金，坝上人皆俯水寻。

嫩绿浅黄伸筋脉，千丝万缕竞腰身。

絮棉纷沓铺阡陌，枝叶婆娑影岸滨。

柳树无须选沃土，东西南北遍成荫。

写柳十首（三）

一夜寒归冰雪尽，春风直下万千条。

顺如仕女梳长发，宛似绿裙荡春飘。

长叶愈伸接流水，毵丝逐萃斥云霄。

枝垂扫地仪人母，柳树从无仰视高。

写柳十首（四）

柳条垂绿舒长身，翡翠珠玑缀碧衿。

璨彩璘光辉映日，风姿水质态仪人。

细枝上下飘音韵，疏叶盈虚怀玉琛。

金器满身分不去，斜阳无赖柳梢春。

写柳十首（五）

玉柳晨风天地间，青山遥对小河边。

枝条夜里依然绿，花絮日出分外欢。

曲水流垂照银镜，斜阳映碧试金衫。

黄昏尚有月明继，不使幽心替灿然。

写柳十首（六）

后摆前铺肃有声，将军出戍抖威风。

晓行常借花丛路，夜猎时值闺院庭。

醉抱斜阳驭风舞，闲置绿荫对弈枰。

日出披挂穿金甲，柳树下垂十万兵。

写柳十首（七）

垂柳摇枝扫乾坤，千军万马蔽风暗。

花明月下酒中饮，柳暗窗前醉里吟。

细绕狂飙飘柔韧，翠淋暴雨洗雄浑。

霁晴指使东风便，寻得骄阳挂树金。

写柳十首（八）

柳絮飞花绕树间,<u>丝丝缕缕皆缠绵</u>。

悠哉万里离根去，孑然一线牵天边。

淹雨飘风心不泯，飞天舞地思未闲。

老枝垂瘁黄昏晚，归心似箭难盘旋。

写柳十首（九）

自从柳絮出远行，漫漫茫茫觅东风。

上索下求识陌路，千旋百转昧平生。

铺天盖地风云气，欲去还回儿女情。

舞罢斜阳三百里，来年遍地柳青青。

写柳十首（十）

魏王堤下漏池水，今灌洛阳新柳条。

居易见哂柴米贵，玉环骄纵荔枝遥。

牡丹花色则天喜，腊日春光子美骚。

柳树亦明今古事，不见已经笑弯腰。

兰草花

横出硬梗一枝花，远避阳光墙角扎。

密密绿叶齐遮护，疏疏白瓣单裹掐。

轻衣无语透灵气，重蕊有心葆精华。

最是香时充宇栋，乱予书卷心不暇。

蜜蜂

蜜蜂采蜜入山林,披露迎朝洗曦晨。

拒马延绵绿水尽,太行叠嶂白云深。

蟠龙坐卧云居寺,野鹤闲行张坊村。

一渡无船千帆过,家中有酒待日昏。

赠比邻

万里天涯皆比邻,相逢即是故乡人。

谈及书法难涂迹,写就诗篇易诵吟。

大浪滔滔海水量,银滩烁烁砂石金。

相约来年互换墨,尺幅难衬一寸心。

秋风习习

秋风习习八月天,独自凭栏望邻园。

西壁佳人脆声叫,东园妇女细语绵。

手擎苞米连声送,面露笑容迓步还。

一刹沙沙细雨落,手遮鬓髻奔家园。

西湖泪

西湖畔上景光明,难掩世人泣涕零。

字字鞠躬出师表,声声望眼满江红。

何尝痛饮黄龙府,以致身囚风波亭。

岳母精忠报国字,针针刺在人心中。

三叠泉瀑布

空中悬素四千尺,一瀑三叠不及看。

滂沛水滴大雨落,氤氲雾气狂风旋。

阳光直径金箍变,虹彩绚环瀑布湍。

谁使修得洞天破,再迟恐要银汉干。

山海关怀古

绵亘起伏山海关,其中仍似有狼烟。

虽哭孟氏长城倒,难见丈夫尸首寒。

一度马嘶风啸火,几曾墙倒雷击垣。

后生十九多遭死,白骨不埋暴霜天。

看鸭绿江

水色银光映晓晴,大江娓娓入沧瀛。

白山载雪贴身过,绿水招云伴影行。

水练长长寻不尽,浪头绰绰渺无争。

尤留迟暮陂陀岸,坐看月轮朝日生。

梅花·苦寒(和高启之一)

梅花从未住瑶台,原始北方地上栽。

林下冷极抱雪卧,月明寒彻踏冰来。

严天落魄发宿草,冻土埋香奋漠苔。

满是北天风雪色,苦寒过后自花开。

梅花·圣洁（和高启之二）

乍见疑为天上仙，肌肤如雪是何缘？
阙宫暗闭钥春雨，雪域明开锁玉烟。
冰冷融僵芳榭里，月寒洁圣陛台前。
淖约如泣初春艳，颜色难描雨中天。

梅花·薄媚（和高启之三）

薄媚含冬艳梢头，开花不待冰雪收。
招春玉腕风盈袖，恋晚暮云月归舟。
颜色竞失高士雅，清香输得君子愁。
嫩寒只须轻裳裹，不冻天时与君游。

梅花·骨魂（和高启之四）

常在画中留墨痕，深根峣屼苦寒温。

崖冰万丈融春雨，老树百年兀野村。

摇曳干枝千种意，嶙峋瘦骨一缕魂。

梅花惯在寒中住，遇到暖时自却门。

梅花·气势（和高启之五）

花开屺丈远深宫，香气连接数壑通。

伸手悬崖试雪暖，舒胸柯树豁山空。

日低销铄坚冰下，月晚参差碧海中。

自古江山多气势，有谁侧目向花丛。

梅花·真重（和高启之六）

九天仙女下凡尘，冰雪晶莹直照人。

雪融芳萌后发叶，雨澍花开先报春。

夜霁月寒凝露重，春深日暖抹红频。

看梅愈在风吹过，花瓣横斜都是真。

梅花·清丽（和高启之七）

未待花开已依依，稍伸嫩臂甚清辉。

敞怀透冷月光住，入径迎风花瓣飞。

玉淑花红频检点，琼墀香冷慢疏稀。

冰融滴露淹芳野，艳丽若啼傍春归。

梅花·遒劲（和高启之八）

白雪起伏映娇阳，冬天乃是春故乡。
寒方欲去冬还在，花尚未开气已香。
繁红缛树好时过，硕果压枝春日荒。
最是无忧千子落，西风遒劲正秋霜。

梅花·娇娈（和高启之九）

温寒只有梅自知，凌雪迎风第一枝。
雪打花腮僵带笑，风折娇萼痛参思。
月前流转明光夜，冰下婉娈翘楚时。
吟罢春红风雪去，何时又会复题诗？

君子兰

家里有花只是兰，每逢经过不由看。

出姿叠列皆叶韵，入画宛伸各悦颜。

玉照青青色通碧，金镶熠熠脉支连。

天生兰质自高贵，不必见花已沛然。

鸭绿江

鸭绿江流何太匆？天池决口洒落中。

白云欲补愁飞渡，野鸭只能掠水惊。

激流扑岸岸离远，峰浪携天天退行。

只有汹汹奔海去，白头不舍空望情。

锦江山

何人有见锦江山？鸭绿江旁一美娟。

夕水白桥玉腕挽，暮亭黛顶碧钗簪。

佳人共影明河远，秀色分辉月桂寒。

莲步林深直野径，未及云雨已成仙。

辨奸

忠奸不辨君之患，无遇是非史亦难。

东涧水凉身未死，自如天误躯已捐。

道人幸有零丁叹，居士同为青楼篇。

衣饭庶几辨大恶，君实嘉佑奸碑笺。

忧国

位卑忧国亦难能,失对隆中仅卧龙。
屈子有骚抛汨上,廉颇无问在饭中。
剑门只入诗人味,板桥不过画儒声。
明亡树倒荩臣散,一品乞丐殉湖铭。

柳树

柳树历春阅沧桑,四时风雨各暖凉。
从无头粉拔群萃,常有身荫蔽幼秧。
颜色似还昨日绿,枝条当比去年长。
阳春三月夕照晚,花絮翻飞遍地扬。

天上诗

吟诗循梦上霄天,划过流星一瞬间。

九阙沉浮迷幻境,七霓浅淡绕虹边。

繁星熙攘或明灭,银汉朗疏忽后前。

如镜月明不可照,似梯斗断无能攀。

雷霆击响乾坤震,闪电耀辉天地连。

手掣大龙走瀛海,身浮黄鹤视宸寰。

早知天象多宏阔,不在人间写诗篇。

杂言

车穿行辽东丘陵

万顷绿原幔云端,天接山兮山连天。

深山密密不容间,八埏起伏难寻边。

野旷旷兮无迹,思迟迟不见。

好江天

好江天,又到鸭绿江水边。

白云如棉朵朵璨,大江流水向云天。

波浪不须翻,人生勿须叹。

但向云空深处瞻,九重天宫华彩炫。

不见江水上下不着端,相思有心自不断。

好江天。

醉中天

醉中天，漫无边。
人奔月兮月出天，抱月嘻嘻笑人间。
月娥皎洁不知醉，举杯同饮娇无限。
轻身素面月色寒，丹陛万丈百花仙。
瑶池酒醒思未断，月光恍恍入帷间。
醉中天，美无边。

梦中天

梦中天，在云端，漾漾银河不着边。
梦里牛郎会织女，鹊声跃跃在河前。
千尺云锦铺水间，牵牛星夜渡银汉。
相见咫尺鹊不言，时至梦醒桥中断。
梦中天，水漫漫。

命中天

命中天,在人间,万里光华发心端。

心到至处不由命,白发千丈丝丝牵。

命兮何所在,天地生灵存其间。

人生造化回天地,于无心处有结然。

命中天,在天间。

鸭绿江(一)

鸭暖水中天,水绿江岸树。

胭脂映雪,天池如镜。

鸭绿江（二）

鸭绿江，出天池。

长白逶迤，江水蛇之。

山青青，水绿绿。

秋来两岸枫叶赤。

日

赤日出，金霞灿。

日火喷薄，霞光漫焰。

行经天，暖人间。

一路辉归太阳山。

秋风

秋风加兮欲归,期不择兮天之涯。

渌水不绝兮人之思,汩汩乎发心端。

美人不见兮家之远,日作诗兮寄月圆。

不见君面兮憔悴,不闻汝声兮哽咽。

无执手兮酥软,有以赠兮香兰。

思餐糟糠兮充饥,念服袯襫兮御寒。

怅日遐兮心焚,有悲秋兮肠断。

嗟己

乐我之旧服兮加己,飨吾之淡食兮款人。

世不予知兮见离,运不济兮避前。

自古已兮君子穷,非时弊兮何怨。

响惊雷兮吾澹,明秋月兮心安。

水不流兮山塞,终有出兮去远。

山崇峻兮高不及,水悠长兮无追。

词

醉花阴·清明

春冷微微清浴面,楼榭初次恋。
明日且清明,相约酤酒,敢杏村知见。

桃花日历红萼片,凭得何人掀。
芳龄逐日减,柳色春风,几曾栏杆遍?

点绛唇·春艳未尽

春艳未尽,起来慵把衣遮护。
一盆凉浴,两腮凝脂露。

窗里佳人,窗外河边渡。
无人诉,夜来新雨,水满知何许。

如梦令·春日

春日头髻绾就,莲步花溪石后。

近潊轻试水,浪起嫩白纤手。

凉否,凉否,浸湿半口衣袖。

仄韵沁园春·西山夜步

细雨如拂,轻风似浴,秋柔如许。

正燕京城外,西山夜步;蛙声时伏,蝉鸣偶住。

花草包香,树木藏绿,声音颜色皆有序。

和谐中,溢流光神韵,动音静曲。

人生七十乃初,看四时风景正无数。

赏春兰秋菊,点一时秀;山高水长,行万里路。

日月星辰,天地阴阳,春夏秋冬多少度。

演绎着,那世上黑白,人间予汝。

如梦令·西山遇雨

小住西山遇雨,牛毛纤细如缕。

喜出门外浴,欲试凉爽何许。

回去!回去!秋风暗示心语。

西江月·西山踱步

未睡阶前踱步,时当杂草菁芜。

吟诗对偶兴方浓,已是更深闭户。

欲往前行访鹿,虞蛇挡道盘趋。

人皆指笑是顽童,赶紧回头入宿。

沁园春·风雨楼

夜雨醒来，一片蛙声，仲夏时候。

起登阶送目，泥泥洚水；扶栏远望，涔涔肆流。

风卷残帆，雨击覆棹，浊浪欲吞风雨楼。

看天上，是茫茫廓宇，莫际边头。

离家难免人愁，任多少心情不遣忧。

既海中纵浪，波浮不断；琴端操指，弦绪难休。

遥望乡关，乌云起处，雨落西风掠惊鸥。

无几日，即阳化霪雨，点滴无留。

仄韵水调歌头·少年初相见

少年初相见，惜惜默无语。

心里暗自忖度，芳龄可几许。

体态媚入心眼，肢质透出遮护，光彩照屋宇。

凭栏婷婷立，谁和阳春曲。

桃花靥，春扑面，沁肺腑。

未曾开口，已是频添愁情绪。

手递作诗两页，青丝掠过黛目，回头衣如缕。

才学不足道，最难裙钗女。

相见欢·金陵即事

杀声惊了墙头,不曾忧。

竟然万里长江一时休。

春艳艳,啼破面,胭脂流。

留下后庭千古恨悠悠。

浣溪沙·忆沙河(一)

沙河流水哗啦啦,赤光身子捉鱼虾,
妈妈洗衣浣水花。

衣裳洗完晾石崖,小石压住怕风刮,
一件一件在编花。

浣溪沙·忆沙河（二）

岸上蝴蝶舞纷纷，衣服一盖一个准，烈日炎炎直狂奔。

沙滩无痕留脚印，河水有浪溅一身，妈妈喊名忙回音。

浣溪沙·忆沙河（三）

野草野花数不清，花自美美草青青，捉完蚂蚱捉蜻蜓。

草有锯齿花有刺，划伤皮破有点疼，疲倦睡在妈怀中。

后记

留点墨

镜中白发照人衰,诗稿斟酌几来回。

出户秋风吟诗拙,启窗明月笑人呆。

有负方知生命重,无征何惮病肓来。

残生且为心中已,拾取积薪资烨柴。